L'ESPIONNE
à votre service !

Marie-Aude Murail a commencé à écrire à l'âge de 13 ans pour sa petite sœur. Elle compte aujourd'hui une centaine de livres, contes, romans policiers, historiques, fantastiques, réalistes, pour tous les âges, publiés principalement à l'École des loisirs et chez Bayard. Mère de trois enfants, grand-mère de six petits-enfants, elle va à la rencontre des jeunes dans les écoles et les bibliothèques, les villes et les campagnes, en France et dans le monde entier.
Elle a été promue en janvier 2018 Officier de la Légion d'honneur pour avoir œuvré au rayonnement culturel de la France.

Frédéric Joos est né à Alger. Il a appris le dessin en autodidacte avant de travailler comme dessinateur en bâtiment, puis comme graphiste. Depuis les années 80, il illustre des magazines pour Bayard presse et des livres jeunesse pour différents éditeurs.

Pour accéder gratuitement à la version audio lue par Marie-Aude Murail,
rendez-vous sur la boutique J'AIME LIRE STORE *
boutique-jaimelirestore.com
Dans la barre de recherche, entrez le code :
bonusespionne3
* La création d'un compte est requise

Première édition

Dépôt légal : mai 2018
ISBN : 978-2-7470-8862-6
Loi 49-956 du 16 juillet 1949 sur les publications destinées à la jeunesse.

Imprimé en France par Pollina - 84791

Marie-Aude Murail • Frédéric Joos

L'ESPIONNE à votre service !

J'AIME LIRE

1

Allô ? J'écoute...

J'ai trop d'amoureux à mon école. On me met tout le temps des dessins d'amour dans mon cartable. En plus, j'ai deux amoureux qui s'appellent pareil. Grégory. Je leur ai donné des numéros.

– Trop d'amoureux ? a fait Boubouillasse avec une grimace. Tu n'as vraiment pas de chance !

Boubouillasse, c'est ma sœur. Pour de vrai, elle s'appelle Alizée, elle a treize ans et, avec sa copine, elle parle sans arrêt des garçons de sa classe. J'ai répondu :

– C'est toi qui n'as pas de chance. Tu n'as pas d'amoureux. Pas un !

– Qu'est-ce que tu en sais ? a crié ma sœur.

Je le sais parce qu'au téléphone avec sa copine elle dit toujours que Vivien est trop beau. Mais Vivien sort avec Mélanie.

Je sais tout parce que je m'entraîne pour mon métier de plus tard. C'est espionne que je veux faire. Mon grand frère m'appelle 007 parce que c'est le numéro de James Bond.

Le téléphone est dans le salon. Quand je m'entraîne à l'espionnage, j'avance tout doucement vers le salon en me collant contre le mur du couloir. J'ai fabriqué un engin de longue portée pour capter les conversations, comme l'inspecteur Gadget, mais en moins compliqué. C'est un cornet en carton qu'on se met dans l'oreille. Il faut couper le bout pointu. Autrement, ça ne marche pas bien et on se fait mal.

Avec Noël, ce mardi-là, je n'ai pas eu besoin de mettre le cornet parce qu'il criait dans le téléphone. Noël, c'est mon frère. Il a dix-neuf ans. En plus, il est beau. En plus, il est trop rigolo. Mais là, au téléphone, il ne rigolait pas du tout. Il parlait à son amoureuse n° 1.

– Mais je te jure, Arielle ! Je ne sais pas du tout qui c'est, cette fille !

Il devait parler de son amoureuse n° 2. Elle l'appelle trois fois par jour. Je le sais parce que

deux fois sur trois c'est moi qui décroche. Noël criait toujours dans le téléphone :

– Mais on t'a raconté n'importe quoi ! Je ne sais même pas son nom !

C'est Stéphanie, son nom. Elle dit toujours : « Allô ? C'est Stéphanie. Tu peux me passer Noël ? » Mon frère a raccroché brusquement et il m'a aperçue dans le couloir. Il a continué de crier :

– Mais tu arrêtes d'espionner, toi ?

J'ai répondu :

– Le couloir est à tout le monde.

Noël a vu mon engin de longue portée. Il m'a demandé :

– Et c'est quoi, ça ?

J'ai dit très vite :

– C'est un cornet de frites. Sans frites.

Dans le métier d'espion, il faut savoir ruser.

2

L'amour, ça n'est pas rigolo

Quand Boubouillasse est triste, personne ne s'en aperçoit. Quand Noël est triste, plus personne ne rigole. Au dîner, ce mardi soir, c'était zéro d'ambiance. D'habitude, Noël fait les maracas avec la salière et la poivrière, et le xylophone avec les verres et les fourchettes, et encore tellement plein de choses que Papa finit toujours par crier que son fils est fou.

Alors, au fromage, comme Noël ne faisait toujours pas de bêtises, Maman a posé la main sur son front pour voir s'il était malade.

– Ah, mais c'est bon, ça va ! a fait Noël en repoussant la main.

Maman a regardé Papa et lui a fait une petite grimace inquiète dans le dos de mon frère. J'aurais pu leur expliquer que Noël était triste parce que son amoureuse n° 1 était fâchée à cause de son amoureuse n° 2. Mais les espions ne doivent pas dire les secrets qu'ils découvrent.

Le jeudi, à l'école, Grégory n° 2 m'a donné encore un dessin d'amour. C'était un Robocop en train d'exploser ses ennemis. Mais c'était quand même un dessin d'amour parce qu'il y avait un cœur. Grégory ne sait dessiner que les Robocop. J'en ai déjà trois. J'ai pensé que ma sœur serait contente d'avoir un dessin d'amour. J'ai signé « Vivien » et j'ai ajouté : « Pour ma chérie Alizée », mais en faisant une fausse écriture. Je m'entraîne beaucoup à changer mon écriture.

Comme ma sœur était encore au collège, je suis entrée dans sa chambre. J'ai pris son livre de mathématiques pour y mettre le faux dessin de Vivien. Le livre s'est ouvert tout seul à la page 71 parce qu'il y avait déjà une feuille. C'était le début d'une vieille lettre écrite par Boubouillasse. J'ai lu : « Tu ne racontes que des histoires sur moi. Je t'interdis de me reparler. Et ce n'est pas la peine de me téléphoner. Je ne répondrai pas. » J'ai pensé que ça pourrait faire la preuve d'un crime pour mon métier d'espionnage et je l'ai emportée.

En repartant sur la pointe des pieds vers ma chambre, je me suis aperçue que je n'étais pas toute seule dans la maison. Noël était rentré plus tôt que d'habitude. Il était dans sa chambre mais il n'avait pas mis sa musique de salsa. Est-ce qu'il était avec quelqu'un ? Vite, je suis allée chercher mon engin de longue portée. Je l'ai appuyé contre la porte de Noël et j'ai entendu un drôle de bruit. On aurait dit que quelqu'un était en train de pleurer.

Et là, j'ai fait une déduction trop puissante : c'était Noël qui pleurait parce qu'il n'avait plus son amoureuse n° 1. Juste à ce moment-là, le téléphone a sonné. J'ai couru au salon et j'ai décroché.

– Allô ? C'est Stéphanie. Tu peux me passer Noël ?

J'ai failli crier : « Va te coucher, vieille sorcière ! »

Mais en vrai, j'ai seulement dit :

– Noël est au cinéma.

3

Mon plan d'enfer

Maman n'est pas espionne, mais elle a compris ce qui arrivait à Noël. Je l'ai entendue dans la cuisine qui parlait avec Papa. Elle a dit :

– Il y a de l'eau dans le gaz avec Arielle.

Papa a répondu :

– C'est la faute de Noël. Il n'est pas sérieux. Remarque, moi, à dix-neuf ans…

Papa m'a aperçue :

– Pas terrible, ta planque, mademoiselle 007.

J’ai répondu :

– Je venais juste prendre un verre d’eau.

Papa a vu mon engin de longue portée. Il m’a demandé :

– C’est quoi, ce truc ?

– Un cornet à surprise. Sans surprise.

La surprise, c'était Stéphanie qui allait l'avoir. Une mauvaise surprise. Mais pour cela, il fallait que je trouve son adresse. Donc, je devais fouiller dans les affaires de Noël. En principe, je ne fouille jamais dans les affaires de mon frère, seulement dans celles de ma sœur. Mais dans la vie, on est parfois obligé de faire des choses qui sont mal. Je parle de la vie d'espion.

J'ai profité de mon mercredi matin pour chercher le carnet d'adresses de Noël. Il n'était pas sur son bureau. J'ai ouvert un tiroir et, là, j'ai vu une lettre avec plein de « Arielle, c'est toi que j'aime » et de « je te demande pardon ». Archinulle, cette lettre. Noël ferait mieux de dessiner des Robocop. Son carnet d'adresses

était en dessous. Très, très intéressant. Rien qu'à la lettre B, il y avait : Bénédicte, Béatrice, Brigitte et Barnabé. Ah non, le dernier, c'était un nom de garçon. À la lettre S, j'ai trouvé : Stéphanie Pouillot. Tu parles d'un nom ! J'ai vite recopié son adresse sur une enveloppe et, dans l'enveloppe, j'ai mis la lettre de Boubouillasse :

« Tu ne racontes que des histoires sur moi. Je t'interdis de me reparler. Et ce n'est pas la peine de me téléphoner. Je ne répondrai pas. »

J'avais signé : « Noël » avec ma fausse signature. Et voilà, bon débarras !

4

Panique à bord

Le samedi, Boubouillasse était au salon avec sa copine. Elles regardaient quelque chose. Pour voir ce que c'était depuis le couloir, j'ai pris à deux mains mon engin de vision rapprochée. Je l'ai fabriqué avec deux rouleaux de carton que j'ai scotchés ensemble. C'est comme des jumelles, mais en plus pratique parce qu'il n'y a pas besoin de réglage.

J'ai mis mon engin devant mes yeux et j'ai vu ce que regardaient Boubouillasse et sa copine. C'était le dessin de Robocop. Malheureusement, je n'ai pas pu savoir ce qu'elles disaient parce qu'on ne peut pas tenir en même temps l'engin de longue portée et l'engin de vision rapprochée. Et je ne suis pas encore très forte pour lire sur les lèvres comme font tous les espions.

En fin d'après-midi, le téléphone a sonné. J'ai tout de suite sauté dessus.

– Allô ? C'est Stéphanie. Tu peux me passer Noël ?

Incroyable ! Elle rappelle quand même ! J'ai demandé :

– Mais vous n'avez pas reçu ma lettre ?

– Hein ?

Enfer ! Je me suis trahie. J'ai bafouillé :

– Enfin, la lettre de Boubouillasse…

– Quoi ?

Oh là là, cette panique !

– C'est qui ? a demandé mon frère, en entrant au salon.

– Le… la… Stéphanie. Tiens, prends !

Je lui ai tendu le téléphone comme si c'était une patate chaude et je me suis sauvée.

Une heure plus tard, on a frappé à ma porte. Ce n'était pas ma sœur. Quand elle vient dans ma chambre, c'est qu'elle est furieuse après moi. Alors, elle donne un coup de pied dans ma porte. Comme les parents n'étaient pas encore arrivés, j'ai fait la déduction que c'était Noël. Oh là là, ça allait barder ! Noël a passé la tête par la porte.

– On peut parler, miss ?

5

Un bon conseil

Noël s'est assis sur mon lit. Il m'a demandé :

– Tu as plusieurs amoureux, toi ?

– Oui. Je leur mets des numéros.

Noël a rigolé. C'était bizarre. Il n'avait pas du tout l'air fâché.

– Ils ne sont pas jaloux, tes amoureux ? m'a demandé mon frère.

J'ai fait non de la tête.

– Tu as de la chance d'être en CM1, a dit Noël en regardant en l'air.

Il est resté un moment à chercher quelque chose au plafond. Puis il m'a demandé :

– Tu ferais comment à ma place ?

– Pour te réconcilier avec Arielle ? Tu n'as qu'à lui faire une lettre…

Aïe, je devrais éviter de parler de lettre. Noël a soupiré.

– J'ai essayé. Elle n'a pas répondu.

– Forcé ! Elle était archinulle comme lettre.

Noël m'a regardée avec des yeux terribles.

– Tu as fouillé dans mes affaires ?

Oh là là, je ne suis pas au point pour mon futur métier. À ce moment-là, ma sœur a donné un coup de pied dans ma porte et elle est entrée en criant :

– Tu pourrais te garder tes Robocop d'amour pour toi !

Elle m'a jeté une boule de papier à la figure. Elle a dû faire la déduction que le dessin était trop bébé pour un garçon de quatrième. Elle est moins bête que ce que je croyais. Je pourrais la prendre comme associée. J'ai regardé mon frère et ma sœur tour à tour. Ils étaient furieux, tous les deux. Ils ont crié en chœur :

– Et tu arrêtes d'espionner !

Ma sœur est ressortie, mais Noël est resté. Il m'a demandé tout bas :

– Elle était vraiment nulle, ma lettre ?

J'ai fait oui de la tête. Noël a continué tout bas :

– Et qu'est-ce que tu me conseillerais d'écrire ?

– Je dirai à Arielle qu'elle est belle et que, l'autre, elle est moche.

– Subtil, a murmuré Noël.

Il s'est relevé, il m'a regardée et il a répété : « Subtil. » Ce n'est pas un mot que je connais. Mais ça doit vouloir dire « idiot ».

6

Promis, juré !

C'est un peu fatigant, les histoires d'amour. J'ai remarqué que ceux qui vous aiment, on ne les aime pas, et ceux qu'on aime, ils ne vous aiment pas. Je dis ça pour Angelo. C'est le plus beau de ma classe, mais il ne fait pas de dessins d'amour. C'est seulement les deux Grégory.

Donc, le mardi d'après, Grégory n° 1 m'a fait un dessin d'amour. Lui, il dessine des gens qui s'embrassent et tout le reste. Je n'aime pas trop. Mais je suis polie. J'ai dit merci et, vite, j'ai mis le dessin dans ma poche d'anorak. Tiens ! Il y avait déjà quelque chose dans ma poche. Est-ce que c'était un autre dessin d'amour ? Un d'Angelo ? Suspense… J'ai sorti le papier. En fait, c'était une enveloppe.

La lettre ! J'avais complètement oublié de la poster. Pourtant, Stéphanie n'appelait plus à la maison. J'ai fait la déduction que Noël avait dû se décider à lui dire qu'elle était moche et qu'Arielle était belle. En plus, ça rime : « Arielle » avec « belle ». Si Noël voulait encore de mon aide, je pourrais lui faire des poèmes d'amour.

En revenant de l'école, je suis allée jeter la lettre dans la poubelle de la cuisine. Noël et Boubouillasse sont entrés juste derrière moi. C'était l'heure du goûter. Noël nous a fait sa recette, « la cochonnerie du chef ». C'est avec des bananes écrasées, du jus d'orange et du chocolat râpé. Trop bon. Tout d'un coup, ma sœur s'est baissée près de la poubelle et elle a ramassé quelque chose. Enfer !

– Tiens, tiens, a-t-elle dit. Un dessin d'amour. Très, très intéressant.

C'était le dessin de Grégory n° 1. J'avais dû le faire tomber en sortant la lettre de ma poche d'anorak. J'ai hurlé :

– Laisse ça ! Tu n'as pas le droit ! Espèce de sale espionne !

Mon frère et ma sœur se sont mis à rigoler. Boubouillasse a levé le dessin au-dessus de sa tête pour que je ne puisse pas l'attraper.

– Passe ! Passe ! lui a crié Noël.

Je me suis mise à pleurer.

– Non, non, c'est un secret.

– Et alors, toi, tu ne cherches pas à savoir nos secrets ? a crié Boubouillasse en donnant le dessin à Noël.

J'ai dit en pleurant (en faisant un peu semblant) :

– J'arrête ! J'arrête d'espionner.

Noël m'a rendu mon dessin. Il m'a demandé :

– C'est vrai, ce mensonge ?

J'ai levé la main :

– Promis, juré ! Je ne recommencerai plus jamais.

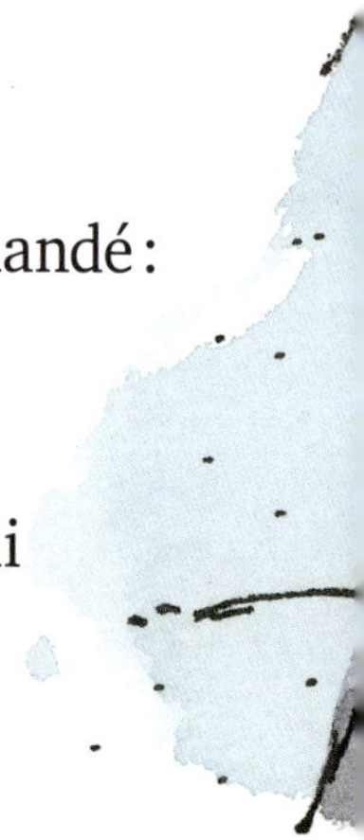

– Tu es bien ma sœur, a remarqué Noël. J'ai dit exactement la même chose à Arielle.

Voilà comment on s'est tous réconciliés. Mais l'espionnage, c'est comme la cigarette, c'est super difficile d'arrêter…

TRUCS EN +
CONTRE-ESPIONNAGE

Un bon espion doit savoir se protéger des autres espions ! Voilà des trucs pour sécuriser ta base secrète, ou ta chambre.

Mouchard de porte

AU MOMENT DE SORTIR : coince un mini-carton ici.

À TON RETOUR : si le carton est tombé, un intrus est entré.

Stylo cafteur

AVANT DE PARTIR : sur une pile de papiers posée sur ton bureau, place le stylo avec la pointe précisément sur une lettre.

QUAND TU REVIENS : si le stylo a bougé, quelqu'un a fouillé dans tes papiers.

En musique !

Mets la radio ou la musique très fort. Discutez tout près à voix basse. L'espion ne peut rien deviner !

Fichier caché

Un message secret, une liste de codes ? Écris-les au milieu d'un long document banal.

L'ENTRAÎNEMENT DES ESPIONS

Entraînez-vous à deux pour devenir les champions de la discrétion ! À vos chronomètres.

Pattes de chat

L'espion X doit traverser la pièce pour toucher l'espion Z.
Il perd un point à chaque fois que Z entend un bruit.
Celui qui a le moins de points gagne.

Cache-cache panique

Laisse les portes ouvertes !

X compte à haute voix jusqu'à 20.
Z doit se cacher très vite dans une des pièces.
X tente de le trouver en 2 minutes, sans entrer dans les pièces.

Camouflage express

L'espion X a 30 secondes pour cacher 3 gros objets (coussin, ballon, casque...) dans la pièce.
L'espion Z a 2 minutes pour les trouver.

ÉNIGME

LES LETTRES MYSTÉRIEUSES

L'espionne a reçu quatre lettres étranges, entre le 26 mars et le 1er avril. À toi de l'aider à les décoder !

Lettre numéro 1

Lettre numéro 3

Lettre numéro 2

Lettre numéro 4

HOLÀ ! QUI VA LÀ ?

INSPECTEUR GADGET !

**Vous le connaissez sûrement.
Son gadgétobras, son gadgétochapeau et son élasticogadget l'ont rendu célèbre à la télévision. Cette haute technologie est une source d'inspiration pour l'Espionne.**

Mais notre inspecteur est aussi un gadgétostupide qui confond les méchants avec les gentils.

Une chance pour lui, sa nièce, Sophie, 8 ans, vient à son secours avec le chien Finot qui, comme son nom l'indique, est très malin.

Grâce à eux deux, les horribles plans du docteur Gang sont déjoués, et sa redoutable organisation criminelle, le MAD (comme Méchant, Abruti, Débile), est tenue en échec à chaque épisode !

À toi de jouer !

Solution

Le papier donne le code. 2/3 veut dire : les deux dernières lettres du prénom, les trois premières du nom. Enrico DERVAL donne donc : coDER. En appliquant ce code aux quatre lettres, avec leurs dates et leurs signatures, on obtient

rdV / a LA / bi BLI /ange LO :

RDV à la bibli, Angelo !

Dans la même collection

Mystère et chocolat
Jean Alessandrini, Guillaume Long

La villa d'en face
Boileau-Narcejac, Anne Simon

Victor, l'enfant sauvage
Marie-Hélène Delval, Sacha Goerg

Mon copain bizarre
Jean Guilloré, Serge Bloch

C'est dur d'être un vampire
Pascale Wrzecz, Boiry

Les cent mensonges de Vincent
Nicolas de Hirsching, Guillaume Plantevin

L'île aux pirates
Arnaud Alméras, Joann Sfar

Le mariage de Mémé sorcière
Évelyne Reberg, Mérel

Le mégatruc
Céline Claire, Guillaume Long

L'invitée royale
Marie Vaudescal, Irène Bonacina

Ma copine Vampirette
Ségolène Valente, Emmanuel Ristord

La bataille des slips
Anne-Isabelle Lacassagne, Fred Benaglia

Le cross des écoles
Jean Tévélis, Benjamin Bachelier

Le mot interdit
Nicolas de Hirsching, Claire de Gastold

L'Indien qui ne savait pas courir
Leigh Sauerwein, Urs Landis

Une grand-mère au grand cœur
Marie-Christine Hendrickx, Grégory Elbaz

L'atroce monsieur Terroce
Nicolas de Hirsching, Serge Bloch

Une petite bête chez Vampirette
Ségolène Valente, Emmanuel Ristord

Sauvons la maîtresse
Nicolas de Hirsching, Pierre Van Hove

L'enfant bleu
Jean-Marc Ligny, Sébastien Pelon

Noël à tous les étages
Marie-Aude Murail, Boiry

Les trois étoiles
Gwenaëlle Boulet, Aurélie Neyret

Une petite soeur tombée du ciel
Jo Hoestlandt, Frédéric Rébéna

L'oncle Giorgio
Marie-Aude Murail, François Maumont

Kazué et le musicien
Patricia Berreby, Cécile Carre

L'espionne
Marie-Aude Murail, Frédéric Joos

Une nuit à Vampire Park
Ségolène Valente, Emmanuel Ristord

L'espionne fonde son club
Marie-Aude Murail, Frédéric Joos

Ma mémé sorcière
Évelyne Reberg, Mérel

La maîtresse est amoureuse
Jo Hoestlandt, Clotka

Mon aventure sous la terre
Jean-Marie Defossez, Didier Balicevic

Vacances de FOOT!
Elsa Devernois, Laurent Audouin

La lettre mystérieuse
Véronique Massenot, Aurélie Guillerey

L'espionne à votre service!
Marie-Aude Murail, Frédéric Joos